AF394028

Le Passeur

FichesdeLecture.com

Le Passeur (Fiche de lecture)

I. INTRODUCTION

L'auteur :

Lois Lowry est née en 1937. Cette auteure américaine a publié plus d'une trentaine de romans destinés aux enfants, mais dont les sujets sont le plus souvent considérés comme « difficiles », tels que le racisme, le meurtre, et l'Holocauste, et traditionnellement réservés à un public plus âgé. Sa contribution à la littérature pour enfants et adolescents lui a valu d'obtenir, entre autres, le Prix Hans Christian Andersen, la plus haute distinction que peut recevoir un auteur pour enfants.

L'œuvre :

Le Passeur est publié pour la première fois en 1993 aux États-Unis. Il s'agit du premier volume d'une tétralogie de romans prenant place dans un futur dystopique. Malgré son statut officiel de « livre pour enfants », il est largement considéré comme inapproprié à un jeune public.

Le livre raconte l'histoire de Jonas, jeune membre d'une société à première vue utopique, dans laquelle la douleur, la maladie et le crime n'existent pas, et où chacun suit avec précision les règles et les horaires d'une vie parfaitement ordonnée. Lors de son douzième anniversaire, Jonas se voit attribuer le rôle de Dépositaire de la Mémoire, et découvre progressivement la vraie nature du monde dans lequel il vit.

II. RÉSUMÉ DU ROMAN

Jonas vit dans une société utopique, dans laquelle le crime et la maladie sont inconnus, et dont les habitants, dénués d'émotions, respectent les règles imposées par le Conseil des Sages. Toute violation de ces règles entraîne une expulsion vers l'Ailleurs, c'est-à-dire tout ce qui est en-dehors de la communauté dans laquelle vit Jonas : le roman s'ouvre ainsi sur l'annonce de « l'élargissement » d'un Pilote, qui n'a pas respecté l'interdiction de survoler la communauté, et doit donc la quitter. L'angoisse que ressent Jonas à cet instant ne fait que redoubler un sentiment d'appréhension déjà présent.

Chaque année, au mois de Décembre, une grande cérémonie permet aux enfants de changer de catégorie d'âge : Jonas, au début du roman, est un onze-ans, et il appréhende fortement le passage au douze-ans, âge auquel il va se voir attribuer sa fonction par les Sages, et commencer sa formation. Jonas compte exprimer ce sentiment à sa cellule familiale lors du rituel quotidien de « partage des sentiments » ; sa soeur Lily partage son sentiment de colère envers un sept-ans d'une autre communauté, dont le groupe est venu en visite ; son non-respect des règles a fait l'effet à Lily d'une confrontation avec un animal sauvage. Les parents de Jonas suggèrent que les visiteurs sont peut-être habitués à des règles différentes, dans leur communauté, ce que concède Lily, qui reconnaît que lorsqu'elle-même a visité une autre communauté quand elle était une six-ans, son ignorance des règles l'avait fait se sentir ignorante. Le Père de Jonas partage son sentiment d'anxiété vis-à-vis d'un bébé dont il s'occupe en tant que Nourricier : le nourrisson ne grandit pas autant que prévu, et pourrait être élargi s'il ne fait pas des progrès rapides avant la cérémonie de Décembre. Loin de s'avouer vaincu, cependant, Père annonce qu'il va essayer d'obtenir la permission de garder le nourrisson à la maison la nuit, pour favoriser son développemet. La Mère de Jonas, qui travaille au Département de la Justice, partage un sentiment de frustration vis-à-vis d'un délinquant récidiviste, dont la première violation des règles avait été punie, mais sans élargissement. Voir le même individu pour une deuxième transgression l'a fait se sentir coupable, puisqu'elle n'a pu l'aider tout à fait la première fois, et le délinquant en arrive donc à sa dernière chance de rester un membre de la communauté, la troisième transgression étant toujours punie par l'élargissement. Enfin, Jonas partage son sentiment d'appréhension vis-à-vis de la grande cérémonie de Décembre, qui le verra devenir un douze-ans ; Père et Mère le rassurent, rappelant l'importance de la cérémonie de Décembre pour tous les individus : les un-ans reçoivent leur nom (Père révèle qu'il connaît déjà le nom du nourrisson dont il s'occupe, et qui va s'appeler Gabriel), les cellules familiales autorisées reçoivent leur premier ou second enfant, les neuf-ans reçoivent leur vélo, et les douze-ans se voient attribuer une fonction dans la société et ne sont plus considérés comme des enfants.

Le lendemain, Père amène Gabriel à la maison familiale : Lily remarque que le bébé possède des yeux clairs, similaires à ceux de Jonas, une caractéristique physique si rare que Lily suggère que Jonas et Gabriel ont peut-être la même mère porteuse. Lily annonce que c'est une position qu'elle aimerait bien tenir dans la société, les mères porteuses lui semblant généralement luxueusement traitées, ce à quoi Mère et Père répondent que les mères porteuses ne peuvent tenir leur position que trois ans, avant de devenir ouvrières, et que si Lily aime vraiment les bébés, elle devrait plutôt devenir Nourricière. Jonas, de son côté, imagine plutôt Lily en annonceuse, rappelant aux membres de la communauté de ne pas commettre d'infractions à travers les haut-parleurs présents dans chaque maison, comme la fois où Jonas a ramené une pomme à la maison, contrairement aux règles, parce qu'elle lui semblait étrange.

Le lendemain, Jonas effectue ses heures de travail volontaire en compagnie de Fiona et Asher, deux de ses amis onze-ans, à la maison des Anciens : il lave une Ancienne, Larissa, qui lui parle de plusieurs élargissements récents (les Anciens, à la fin de leur vie, sont élargis, honorés d'avoir pu vivre toute leur existence dans la communauté), mais ne peut lui dire exactement en quoi consiste un élargissement, personne à part le Comité ne sachant ce qui se passe dans les chambres d'élargissement.

Au matin, à la cérémonie du partage des rêves, Jonas raconte à sa famille son rêve de la nuit précédente, dans lequel il était nu et essayait de convaincre Fiona de le laisser la laver dans une baignoire de la maison des Anciens. Mère révèle à Jonas que ce genre de rêve marque le début des Stimulations, et qu'il doit désormais prendre tous les jours une pilule pour les garder sous contrôle.

Le jour de la cérémonie de décembre arrive enfin : Jonas va devenir un Douze-ans, et Lily une Huit-ans. Le nouveau-né Gabriel n'a pas fait assez de progrès pour être accueilli dans une famille, mais le Père de Jonas a obtenu une autorisation exceptionnelle, qui permet à l'enfant de bénéficier d'une année supplémentaire avant d'être accueilli ou élargi ; il n'est pas présent à la cérémonie.

La cérémonie, répartie sur deux jours, commence par l'attribution des nouveaux-nés aux familles qui en ont fait la demande ; les enfants nés cette année-là reçoivent également leurs noms. Il y a cependant un cas exceptionnel : un enfant est placé dans une famille qui en a perdu un autre. Le nouveau-né est nommé Caleb (comme le premier enfant) par la communauté entière lors d'un « murmure-de-remplacement », une répétition du nom de l'enfant par tous, qui montre que la communauté accepte le remplacement.

Les autres cérémonies se déroulent normalement : Lily, maintenant une huit-ans, reçoit une nouvelle veste, avec des boutons plus petits et des poches, mais pas encore de vélo, un privilège qu'obtiennent les neuf-ans.

La seconde journée ne voit aucun événement exceptionnel, la matinée étant réservée aux cérémonies des neuf-ans (qui obtiennent un vélo), dix-ans (dont les cheveux sont coupés) et onze-ans (qui obtiennent seulement de nouveaux uniformes). Lors du repas de midi, Asher et Jonas discutent des fonctions qui peuvent leur être attribuées, espérant obtenir un emploi qui leur convient ; Asher raconte l'histoire d'un garçon qui, n'ayant pas obtenu la fonction qu'il désirait, s'est enfui de la communauté et en a rejoint une autre. Jonas lui répond que l'histoire est probablement inventée, mais Asher remarque qu'il est autorisé dans les règles de demander à être élargi et partir vers l'Ailleurs, pour rejoindre une autre communauté.

L'heure de la cérémonie des Douze-ans arrive enfin ; c'est la cérémonie la plus importante, puisque les douze-ans quittent effectivement le monde de l'enfance pour rejoindre le monde des adultes, et se voient attribuer une fonction au sein de la communauté. La cérémonie des Douze-ans commence par un discours de la Grande Sage, qui insiste sur le caractère spécial de cette cérémonie, qui célèbre la différence plutôt que l'Identique, en reconnaissant les compétences particulières de chacun, observées par les membres du Comité, qui déterminent leurs futurs. Asher est nommé directeur adjoint des Loisirs, récompensant son dur apprentissage pendant son enfance, et sa bonne humeur constante. Fiona est nommée responsable des Anciens, un poste qui convient à sa nature calme et attentionnée. Lorsque vient le tour de Jonas, cependant, la Grande Sage l'ignore, continuant d'attribuer des fonctions aux autres Douze-ans. Enfin, à la fin de la cérémonie, elle appelle Jonas, expliquant à la communauté que l'actuel Dépositaire de la Mémoire, maintenant âgé, a besoin d'être remplacé, et que le Comité a sélectionné Jonas. La Grande Sage rappelle l'importance de cette décision, faisant allusion à un incident survenu dix ans plus tôt avec un autre apprenti Dépositaire, et révèle que Jonas a été observé pendant plusieurs années par le Comité, qui a déterminé qu'il était digne de remplacer le Dépositaire actuel, parce qu'il possède, ou possèdera, les qualités nécessaires : l'intelligence, l'intégrité, le courage, la sagesse, et la « capacité-à-voir-au-delà », qui se manifeste une fois de plus, lorsque Jonas observe la foule, qui semble changer, comme la pomme.

De retour chez lui, Jonas questionne ses parents au sujet de l'incident dont la Grande Sage a parlé pendant la cérémonie, mais sans obtenir plus de réponses. Il examine le dossier qui lui a été fourni lors de la cérémonie, et découvre ses nouveaux privilèges : en tant que Dépositaire de la Mémoire, il est dispensé d'obéir aux règles de politesse (et peut poser les questions qu'il veut à n'importe qui, et obtenir des réponses), ne peut pas demander à être élargi, ne doit plus partager ses rêves, et est autorisé à mentir. Jonas se demande soudain si tous les membres de la communauté, lors de la cérémonie des Douze-ans, reçoivent aussi le droit de mentir.

Le lendemain, Jonas se rend pour la première fois à l'Annexe, lieu de sa formation de Dépositaire, et logement du Dépositaire actuel. Le Dépositaire lui explique qu'il considère maintenant Jonas comme le seul Dépositaire de la Mémoire, et qu'il se considère lui-même comme le Passeur de la Mémoire, jusqu'à son élargissement, et que sa fonction va être de transmettre à Jonas les souvenirs qu'il porte en lui. Il ne s'agit cependant pas de ses propres souvenirs, comme le croit Jonas, mais des souvenirs de l'Humanité entière, celle transmises de Dépositaire en Dépositaire depuis des générations, des souvenirs qui précèdent la communauté dans laquelle Jonas et lui vivent, et qui sont tout à fait incompréhensibles pour qui que ce soit d'autre dans la communauté. Pour illustrer son propos, le Passeur demande à Jonas de s'allonger, dos nu, et, en appliquant ses mains sur son dos, lui fait vivre un souvenir spécial, une descente en luge sur une montagne enneigée, qui lui fait découvrir la neige, le froid, ce qu'est une luge, et le sentiment de chute libre et de vitesse, qui lui sont inconnus. Le Passeur lui explique que transmettre ce souvenir l'a soulagé, et qu'il l'a perdu, mais en possède encore beaucoup d'autres, similaires. Jonas lui demande aussi pourquoi la neige et les montagnes n'existent plus, ce à quoi le Passeur lui répond que les communautés contrôlent le climat et le terrain, pour une agriculture optimale. Le Passeur lui transmet ensuite un souvenir de lumière naturelle, solaire, quelque chose qui n'existe pas non plus dans la communauté, et un souvenir de coup de soleil, une douleur qui est inconnue pour Jonas, avant de mettre fin à la séance de formation, épuisé.

Le lendemain, après l'école, Jonas retourne à l'Annexe, en accompagnant Fiona à la Maison des Anciens ; il remarque chez elle, plus précisément dans ses cheveux, le même changement qu'il avait remarqué sur la pomme, et la foule lors de la cérémonie de décembre, mais ne comprend toujours pas de quoi il s'agit. Arrivé à l'Annexe, il demande au Passeur de quoi il s'agit ; le Passeur, pour lui expliquer, lui demande de se concentrer sur le souvenir de la luge, et Jonas remarque cette fois le même changement, dans le souvenir, puis dans la pièce où lui et le Passeur se trouvent. Le Passeur lui explique qu'il s'agit de la couleur rouge, et que tout, avant l'époque de l'Identique, avait une couleur, et que le partage des souvenirs permet à Jonas de les voir, tout comme le Passeur peut les voir. Pour commencer la séance de formation, le Passeur décide de donner à Jonas le souvenir d'un arc-en-ciel.

Après plusieurs semaines de formation, Jonas est capable de reconnaître toutes les couleurs, et de les voir en-dehors des souvenirs que lui transmet le Passeur, mais seulement temporairement ; il se plaint de cette cette absence de couleurs dans la vraie vie, raisonnant que si tout est identique, sans variétés, il n'y a pas non plus de choix. Le Passeur suggère que le Comité empêche les membres de la communauté de faire des choix dans le cas où il prendrait de « mauvaises » décisions. Jonas tente d'attirer l'attention d'Asher sur certains objets, espérant qu'il verra les couleurs lui aussi, mais sans succès. Le Passeur commence à lui transmettre des souvenirs plus difficiles, et lui explique aussi que la vie de Dépositaire est difficile, puisqu'il lui est impossible de vraiment partager ses sentiments avec une cellule familiale : en effet, parler de sa fonction est interdit, en tant que Dépositaire. La vie de Dépositaire consiste surtout, suggère le Passeur, à conseiller le Comité des Sages lorsqu'ils font appel à lui, ce qui est rare ; la fonction la plus importante du Dépositaire est en fait de conserver les souvenirs que les membres de la communauté sont incapables de supporter. Le Passeur raconte à Jonas ce qui est arrivé lorsque, dix ans plus tôt, son apprentie a décidé de quitter la communauté : les souvenirs que le Passeur lui avait déjà transmis sont tout d'un coup devenus accessibles à tous les membres de la communauté, qui sont inadaptés à ce genre de souffrance, que seul le Dépositaire de la Mémoire supporte en temps normal.

Le Passeur continue à former Jonas, avec des souvenirs de plus en plus douloureux (notamment une chute en luge, qui provoque une fracture), et Jonas réalise que les autres membres de la communauté n'ont jamais connu, et ne connaîtront jamais, la vraie douleur physique, et que c'est cette connaissance de la douleur qui donne sa sagesse à un Dépositaire. Jonas, conscient de cette injustice, décide de partager les souvenirs avec tous les membres de la communauté, en commençant par Gabriel, qui dort toujours dans sa chambre : Jonas lui transmet des souvenirs pour le calmer pendant la nuit. Le Passeur lui transmet des souvenirs toujours plus intenses, et si douloureuses (des souvenirs de guerre, par exemple) que Jonas appréhende de plus en plus ses séances de formation, même si le Passeur essaye de compenser le plus possible les mauvais souvenirs par de bons souvenirs (des anniversaires, des œuvres d'art, des souvenirs de nature, et, en particulier, une famille célébrant Noël). Lors de la même séance, Jonas et le Passeur discutent de la notion d'amour ; Jonas, en demandant plus tard à ses parents s'ils l'aiment, constate que la notion leur est incompréhensible. Le lendemain matin, Jonas ne prend pas sa pilule.

Plusieurs semaines après, le Comité décrète une journée de congé surprise, durant laquelle Jonas prend part à un jeu de « bons et méchants », organisé par Asher ; le souvenir de la vraie guerre est trop fort, cependant, et Jonas n'arrive pas à jouer, ce qui fâche Asher. Jonas se rend compte de son affection pour Fiona et Asher, mais est conscient de leur impossibilité à ressentir ce que lui ressent. Plus tard, Père annonce que le lendemain, il doit s'occuper de deux jumeaux, et choisir lequel des deux doit rester dans la communauté, et lequel doit être élargi.

Le lendemain, Jonas demande au Passeur s'il pense parfois à l'élargissement. Jonas se rappelle qu'il ne peut pas demander à être élargi, et le Passeur lui révèle que cette consigne a été implémentée lors de la catastrophe avec son ancienne apprentie, Rosemary, dix ans plus tôt. Après seulement cinq semaines de formation, le Passeur lui a transmis un souvenir de solitude qu'elle n'a pas pu supporter, suivi de souvenirs de faim, pauvreté, et peur, mais évitant toujours de lui faire subir la douleur physique. Enfin, après une séance particulièrement difficile, Rosemary n'est pas rentrée chez elle, et est allée directement voir le Comité pour demander à être élargie, ce que le Comité a dû lui accorder, conformément aux règles. Mais son départ de la communauté a été un désastre, parce que tous les souvenirs qu'elle possédait sont revenus, et les membres de la communauté ont dû les subir eux-mêmes. Le Passeur considère alors la possibilité de laisser Jonas quitter la communauté, pour aider ses membres à comprendre les souvenirs et les émotions que lui et Jonas possèdent. Jonas, après un temps d'hésitation, dit au Passeur qu'il pensait à l'élargissement seulement parce que son Père devait élargir un des deux jumeaux dont il s'occupe, et ajoute qu'il aimerait bien voir comment se passe un élargissement ; le Passeur lui répond qu'il peut voir, et lui montre un enregistrement de l'élargissement que son Père a effectué le matin même. Jonas voit son Père, dans une pièce ordinaire, tenant un nourrisson dans ses bras, et une femme portant un autre nourrisson. Père pèse les deux jumeaux, et constate qu'un des deux est plus léger que l'autre ; la Nourricière emporte le plus lourd, et Père injecte le jumeau le plus faible directement dans le front avec une seringue, et le tient dans ses bras jusqu'à ce qu'il cesse de bouger. Comparant la situation avec ses souvenirs de guerre et de mort, Jonas comprend que son Père a tué le nourrisson, et que l'élargissement signifie l'exécution.

Le Passeur calme Jonas, lui expliquant que les membres de la communauté ne comprennent pas ce qu'ils font, et qu'ils ne font que ce que le Comité leur dit de faire ; Fiona, par exemple, apprend déjà à élargir des Anciens, conformément à sa fonction. Cependant, le Passeur pense qu'il y a un moyen de changer la façon dont fonctionne la société, en partageant les souvenirs et les émotions que lui et Jonas possèdent avec tous les membres de la communauté : pour cela, Jonas doit fuir la communauté, et disperser les souvenirs que le Passeur lui a transmis pendant l'année qui s'est écoulée. Jonas et le Passeur prévoient de mettre leur plan à exécution lors de la cérémonie de décembre, qui est très proche, mais Jonas est forcé de fuir plus tôt que prévu, lorsqu'il apprend que Gabriel va être élargi. Il emmène le bébé avec lui, et quitte la communauté, emportant de la nourriture et le vélo de son père.

Jonas et Gabriel voyagent la nuit et se cachent le jour, pour échapper aux avions de la communauté, qui les recherchent ; Jonas passe réguliè-rement des souvenirs à Gabriel pour le calmer, et sent que ses souvenirs, à mesure qu'il s'éloigne de la communauté, deviennent de plus en plus faibles. Les avions se font de plus en plus rares, et le paysage change, deve-nant plus dur à naviguer, Jonas se blessant même en tombant de son vélo. La nourriture que Jonas a emporté est presque épuisée, et lui et Gabriel arrivent dans une forêt, un lieu tout à fait étranger pour Jonas ; il transmet à Gabriel des souvenirs de nourriture pour le rassurer, et des souvenirs de chaleur, alors que le climat devient de plus en plus froid. Jonas sent que l'Ailleurs n'est plus très loin, et il voit pour la première fois de la neige et, en haut d'une colline, une luge. Descendant la colline, Jonas voit une maison, éclairée comme celle dans le souvenir que le Passeur lui a transmis, et entend des gens chanter.

III. PRÉSENTATION DES PERSONNAGES

- Jonas

Jeune onze-ans au début du roman. Il respecte les règles, mais a tendance à être réprimandé pour son usage de termes trop forts pour décrire certaines situations. Il possède des yeux clairs, caractéristique assez rare dans la communauté, et ses plus proches amis sont Asher et Fiona. Lors de la cérémonie des Douze-ans, les Sages le nomment nouveau Dépositaire de la Mémoire, pour remplacer l'actuel Dépositaire, devenu trop vieux. Il est initialement surpris par les privilèges liés à sa nouvelle position, mais trouve le processus de transmission des souvenirs très intense. Il partage certains souvenirs positifs avec le nourrisson Gabriel, avec qui il forme un lien fort. Découvrant au fur et à mesure les sacrifices nécessaires à la vie utopique de la communauté, Jonas est horrifié par les actes et les mensonges de ses proches, mais également fasciné par la découverte d'une faculté réservée à quelqu'un qui « voit-au-delà », celle de voir les couleurs. Le conflit intérieur de Jonas, partagé entre le dégoût pour l'injustice de la communauté et l'espoir de la « réparer » motive sa fuite à la fin du roman.

- Le Passeur

L'ancien Dépositaire de la Mémoire, qui se donne le titre de Passeur lorsque Jonas commence son apprentissage. Il semble plus vieux qu'il ne l'est en réalité, une des conséquences du fardeau de la mémoire collective humaine sur tous les Receveurs. Il possède également des yeux clairs, ce qui suggère que la capacité à transmettre et recevoir des souvenirs est réservée aux individus possédant ce trait physique particulier. Il est responsable de tous les souvenirs de l'Humanité, de la guerre aux éléments du quotidien, et le Conseil des Sages fait appel à lui en cas de décision difficile, pour faire usage de ses connaissances et de sa sagesse presque illimitées, puisqu'elle est basée sur toute l'Histoire humaine. Le Passeur a déjà perdu une apprentie par le passé, Rosemary, et refuse de prendre les mêmes risques avec Jonas, lui transmettant des souvenirs de façon très progressive, équilibrant les souvenirs difficiles avec des souvenirs plaisants. Il encourage Jonas à fuir la communauté, espérant que la disparition du Dépositaire, et les conséquences d'une telle situation, permettra à la communauté d'évoluer d'une façon positive. De la même façon que Jonas pouvait voir les couleurs avant de devenir Dépositaire, il pouvait entendre de la musique.

- Le Père

Le père de la cellule familiale de Jonas. Il est Nourricier et très fier de sa fonction dans la communauté. Il fait particulièrement des efforts pour assurer l'insertion de Gabriel dans la société, malgré les difficultés de celui-ci, et encourage Lily, qui voudrait devenir Nourricière elle aussi. Père est parfaitement intégré dans la communauté, et exécute sans remords les nourrissons qui ne progressent pas assez vite, malgré une véritable passion pour son métier et son amour des enfants.

- La Mère

La mère de la cellule familiale de Jonas. Elle travaille pour le département de la justice, et s'occupent des délinquants de la communauté. Comme le Père, elle respecte scrupuleusement les règles, bien que condamner un membre de la communauté à l'expulsion lui soit difficile. C'est elle qui fournit les pilules à Jonas lorsqu'il connaît les premiers Sentiments, et qui lui rappelle généralement les règles. Elle n'est pas aussi proche de Gabriel que les autres membres de la cellule familiale, peut-être parce qu'elle est plus consciente du destin probable du nourrisson.

- Lily

La soeur de Jonas. Au début du roman, Lily est une sept-ans qui a hâte d'obtenir son premier vélo et obéit aux règles sans la moindre hésitation, devenant même vindicative lorsqu'elle est confrontée à une violation de ces règles. Elle est cependant plus franche que les adultes, et commente par exemple le physique des autres sans hésiter, malgré l'impolitesse de l'acte. Elle établit très tôt une relation proche avec Gabriel, et espère devenir Nourricière lors de ses douze-ans, pour s'occuper d'autres nouveaux-nés.

- Asher

Un autre onze-ans (puis Douze-ans), ami de Jonas. Il est connu par tous dans la communauté pour sa maladresse et sa tendance à utiliser les mauvais mots au mauvais moment ; les remontrances liées à ses erreurs l'ont rendu généralement un peu nerveux. Lors de la cérémonie des Douze-ans, le Comité lui attribue la fonction de directeur adjoint des Loisirs, un poste qu'il prend très au sérieux.

- Fiona

Une autre onze-ans (puis Douze-ans), amie de Jonas. Contrairement à Asher, elle est très compétente et parfaitement à l'aise dans la communauté, et généralement sereine. Après avoir passé presque l'ensemble de ses quatre années de volontariat à s'occuper des Anciens, elle obtient le poste de responsable des Anciens lors de la cérémonie des Douze-ans. Le Passeur révèle plus tard à Jonas que Fiona a déjà élargi plusieurs anciens sans états d'âme.

- Gabriel

Un nouveau-né aux yeux clairs dont le Père de Jonas s'occupe, et qui est accueilli à la maison familiale à cause de ses progrès trop lents, dans l'espoir qu'un cadre familial favorise son développement. Il partage la chambre de Jonas et, lorsque ce dernier a commencé son apprentissage de Dépositaire de la mémoire, partage également les souvenirs transmis par le Passeur. Gabriel bénéficie d'une année supplémentaire avant de rejoindre une famille, à la demande de Père, mais ses progrès étant jugés insuffisants, il est condamné à l'élargissement ; pour le sauver, Jonas l'emmène avec lui lors de sa fuite.

- La Grande Sage

Elle parle pour le Comité des sages, annonçant ses décisions à la communauté, et préside à la cérémonie de décembre. C'est elle qui nomme Jonas comme nouveau Dépositaire de la Mémoire.

- Rosemary

La première apprentie du Passeur, qui n'a pas pu supporter les révélations sur la communauté et le poids des souvenirs. Elle a demandé à être élargie après seulement cinq semaines de formation, et sa mort a « libéré » les souvenirs qu'elle possédait, forçant la communauté entière à souffrir.

- Larissa

Une Ancienne dont Jonas s'occupe lors de sa visite à la Maison des anciens. Elle lui raconte comment elle et les autres Anciens ont célébré l'élargissement de Roberto, un autre Ancien, quelques jours plus tôt.

IV. AXES DE LECTURE

- L'utopie et la dystopie

Utopie, « lieu qui n'existe pas » : société parfaite, dont tous les membres sont égaux et heureux. Dystopie, « lieu mauvais » : société inégale et totalitaire, dictature, contraire d'une utopie.

Le passeur, comme de nombreux romans d'anticipation, présente un futur dystopique pour la civilisation humaine. Cependant, contrairement à la société de *1984* (George Orwell) ou celle du *Meilleur des Mondes* (Aldous Huxley), celle dans laquelle vit Jonas semble égalitaire et positive pour la majorité du roman, et son caractère dystopique n'est révélé qu'assez tard au personnage principal : en effet, le Passeur montre à Jonas un enregistrement d'un « élargissement », c'est-à-dire d'une exécution ; avant cela, Jonas n'a aucune idée de ce qu'implique un élargissement, et à partir de cette révélation, c'est toute la perspective du lecteur vis-à-vis du roman qui change. Ainsi, le premier événement de l'œuvre entraîne l'*exécution* d'un apprenti Pilote ; les Anciens sont *exécutés* dès qu'ils arrivent à un certain âge ; les nouveaux-nés sont *exécutés* s'ils ne font pas des progrès assez vite ; et, par conséquent, tous les Nourriciers et responsables des Anciens sont potentiellement des assassins. Lois Lowry présente donc subtilement comment utopie et dystopie peuvent être liées, plutôt que de directement montrer la nature dystopique de la communauté, préférant présenter d'abord les aspects positifs de cette société, dans laquelle crime, maladie et douleur ne semblent pas exister, avant de révéler quel prix la communauté paye pour vivre dans une utopie apparente. Ainsi, Jonas doit subir le choc de la révélation, ce qui justifie sa fuite à la fin du roman : *Le passeur*, plutôt que de montrer une lente descente dans l'horreur d'une société dystopique, cache le plus longtemps possible sa vraie nature, forçant une rébellion chez son personnage principal, une rébellion qui est d'autant plus intense que Jonas a vécu dans l'ignorance de l'injustice depuis sa naissance.

- L'adolescence et la rébellion

Un des thèmes forts du *Passeur* est le passage à l'âge adulte. Jonas, au début du roman, est encore considéré comme un enfant par le reste de la communauté, jusqu'à la cérémonie des Douze-ans ; cependant, une fois qu'il devient le nouveau Dépositaire de la Mémoire, il devient aussi un adulte dans la communauté, avec les privilèges et les responsabilités que cela implique. En outre, c'est aussi la puberté qui commence pour Jonas, lors du rêve qu'il fait au sujet de Fiona. Ces sentiments naissants sont contrôlés par les pilules que Jonas, comme tous les autres membres de la communauté, doit prendre, et qui l'empêchent de ressentir des émotions. Le premier grand acte de rébellion de Jonas survient lors de sa formation de Dépositaire, lorsqu'il décide d'arrêter de prendre les pilules, et prend donc contrôle de son propre corps, un droit que tous les autres membres de la société ont accepté d'abandonner. Lois Lowry suggère donc un certain besoin, pour devenir adulte, de se rebeller contre le système, et de ne pas accepter l'ordre établi sans réfléchir : Jonas, obéissant durant toute son enfance aux règles sans chercher à savoir si elles sont justes ou non, choisit de leur désobéir, et devient par conséquent plus mature que le reste de la communauté, qui respecte uniformément les règles. Symboliquement, la communauté du *Passeur* est une société « d'enfants » gouvernés par un groupe très restreint d'adultes, le Comité des Sages ; pour échapper à l'inégalité et obtenir sa liberté, Jonas doit commencer à penser comme un adulte, et agir contre la société qu'il a jusque-là servi sans jamais soupçonner qu'elle pouvait être inégalitaire.

- L'émotion et la dictature

Les membres de la communauté du *Passeur*, comme les citoyens du *Meilleur des mondes* d'Aldous Huxley, refoulent leurs sentiments à l'aide de pilules et d'une soumission constante à une autorité suprême (dans le *Meilleur des mondes,* les citoyens consomment une substance appelée *soma,* combinée à un conditionnement qui commence dès la naissance). Ce que suggère Lois Lowry par cette soumission obtenue grâce à une pilule, c'est que la nature humaine entraînerait forcément une rébellion vis-à-vis du système si les membres de la communauté n'étaient pas contrôlés chimiquement et psychologiquement. En effet, on peut supposer que Jonas ne conserve sa liberté de penser que parce qu'il arrête de prendre les pilules chaque jour, et que son conditionnement, qui dure toute la vie d'un membre de la communauté, ne suffit pas. La nature humaine, et les émotions humaines, semble dire Lowry, vont naturellement à l'encontre de tout régime totalitaire et injuste, et une dictature nécessite forcément un conditionnement, une façon de briser la volonté de ses membres pour les contrôler. Il faut donc aborder le *Passeur* en considérant cette vision particulière du fonctionnement des dictatures, qui ne peuvent « fonctionner » que si les gens qu'elles oppriment ne sont pas conscients de leur oppression, parce qu'ils sont constamment sous l'influence de pilules et de leur conditionnement, par exemple. Ainsi, la fuite de Jonas à la fin du roman n'est pas simplement un moyen de sauver Gabriel, ou de déstabiliser la communauté, c'est surtout une façon de libérer totalement ses émotions, hors de la communauté, dans l'Ailleurs.

– Un livre pour enfants, des thèmes adultes

Comme beaucoup d'autres romans de Lois Lowry, *Le passeur* est considéré comme un roman pour enfants, mais aborde directement des thèmes particulièrement adultes, tels que la dictature et la société dystopique. Ainsi, le roman d'anticipation s'adresse traditionnellement à un public adulte, et le plus grand exemple du genre, *1984*, est publié en 1948, alors que les lecteurs potentiels peuvent encore se souvenir de la réalité du régime nazi. En définitive, le seul aspect du *Passeur* qui semble vraiment s'adresser aux enfants de façon traditionnelle est la présence d'un héros enfant ; les thèmes sont profondément « difficiles », et Lowry ne les simplifie pas pour son public.

Dans la même collection en numérique

Les Misérables
Le messager d'Athènes
Candide
L'Etranger
Rhinocéros
Antigone
Le père Goriot
La Peste
Balzac et la petite tailleuse chinoise
Le Roi Arthur
L'Avare
Pierre et Jean
L'Homme qui a séduit le soleil
Alcools
L'Affaire Caïus
La gloire de mon père
L'Ordinatueur
Le médecin malgré lui
La rivière à l'envers - Tomek
Le Journal d'Anne Frank
Le monde perdu
Le royaume de Kensuké
Un Sac De Billes
Baby-sitter blues
Le fantôme de maître Guillemin
Trois contes
Kamo, l'agence Babel
Le Garçon en pyjama rayé
Les Contemplations

Escadrille 80

Inconnu à cette adresse

La controverse de Valladolid

Les Vilains petits canards

Une partie de campagne

Cahier d'un retour au pays natal

Dora Bruder

L'Enfant et la rivière

Moderato Cantabile

Alice au pays des merveilles

Le faucon déniché

Une vie

Chronique des Indiens Guayaki

Je voudrais que quelqu'un m'attende quelque part

La nuit de Valognes

Œdipe

Disparition Programmée

Education européenne

L'auberge rouge

L'Illiade

Le voyage de Monsieur Perrichon

Lucrèce Borgia

Paul et Virginie

Ursule Mirouët

Discours sur les fondements de l'inégalité

L'adversaire

La petite Fadette

La prochaine fois

Le blé en herbe

Le Mystère de la Chambre Jaune

Les Hauts des Hurlevent

Les perses

Mondo et autres histoires

Vingt mille lieues sous les mers

99 francs

Arria Marcella

Chante Luna

Emile, ou de l'éducation

Histoires extraordinaires

L'homme invisible

La bibliothécaire

La cicatrice

La croix des pauvres

La fille du capitaine

Le Crime de l'Orient-Express

Le Faucon malté

Le hussard sur le toit

Le Livre dont vous êtes la victime

Les cinq écus de Bretagne

No pasarán, le jeu

Quand j'avais cinq ans je m'ai tué

Si tu veux être mon amie

Tristan et Iseult

Une bouteille dans la mer de Gaza

Cent ans de solitude

Contes à l'envers

Contes et nouvelles en vers

Dalva

Jean de Florette

L'homme qui voulait être heureux

L'île mystérieuse

La Dame aux camélias

La petite sirène

La planète des singes

La Religieuse

1984 A l'Ouest rien de nouveau

Aliocha

Andromaque

Au bonheur des dames

Bel ami

Bérénice

Caligula

Cannibale

Carmen

Chronique d'une mort annoncée

Contes des frères Grimm

Cyrano de Bergerac

Des souris et des hommes

Deux ans de vacances

Dom Juan

Electre

En attendant Godot

Enfance

Eugénie Grandet

Fahrenheit 451

Fin de partie

Frankenstein

Gargantua

Germinal

Hamlet

Horace

Huis Clos

Jacques le fataliste

Jane Eyre

Knock

L'homme qui rit

La Bête humaine

La Cantatrice Chauve

La chartreuse de Parme

La cousine Bette

La Curée

La Farce de Maitre Pathelin

La ferme des animaux

La guerre de Troie n'aura pas lieu

La leçon

La Machine Infernale

La métamorphose

La mort du roi Tsongor

La nuit des temps

La nuit du renard

La Parure

La peau de chagrin

La Petite Fille de Monsieur Linh

La Photo qui tue

La Plage d'Ostende

La princesse de Clèves

La promesse de l'aube

La Vénus d'Ille

La vie devant soi

L'alchimiste

L'Amant

L'Ami retrouvé

L'appel de la forêt

L'assassin habite au 21

L'assommoir

L'attentat

L'attrape-coeurs

Le Bal

Le Barbier de Séville

Le Bourgeois Gentilhomme

Le Capitaine Fracasse

Le chat noir

Le chien des Baskerville

Le Cid

Le Colonel Chabert

Le Comte de Monte-Cristo

Le dernier jour d'un condamné

Le diable au corps

Le Grand Meaulnes

Le Grand Troupeau

Le Horla

Le jeu de l'amour et du hasard

Le Joueur d'échecs

Le Lion

Le liseur

Le malade imaginaire

Le Mariage de Figaro

Le meilleur des mondes

Le Monde comme il va

Le Parfum

Le Passeur

Le Petit Prince

Le pianiste

Le Prince

Le Roman de la momie

Le Roman de Renart

Le Rouge et le Noir

Le Soleil des Scortas

Le Tartuffe

Le vieux qui lisait des romans d'amour

L'Ecole des Femmes

L'Ecume Des Jours

Les Bonnes

Les Caprices de Marianne

Les cerfs-volants de Kaboul

Les contes de la Bécasse

Les dix petits nègres

Les femmes savantes

Les fourberies de Scapin

Les Justes

Les Lettres Persanes

Les liaisons dangereuses

Les Métamorphoses

Les Mouches

Les Trois mousquetaires

L'étrange cas du Dr Jekyll et de Mr Hyde

L'Ile Au Trésor

L'île des esclaves

L'illusion comique

L'Ingénu

L'Odyssée

L'Ombre du vent

Lorenzaccio

Madame Bovary

Manon Lescaut

Micromégas

Mon ami Frédéric

Mon bel oranger

Nana

Ne tirez pas sur l'oiseau moqueur

Notre-Dame de Paris

Oliver twist

On ne badine pas avec l'amour

Oscar et la dame rose

Pantagruel

Le Misanthrope

Perceval ou le conte du Graal

Phèdre

Ravage

Roméo et Juliette

Ruy Blas

Sa Majesté des Mouches

Si c'est un homme

Stupeur et tremblements

Supplément au voyage de Bougainville

Tanguy

Thérèse Desqueyroux

Thérèse Raquin

Ubu Roi

Un Barrage contre le Pacifique

Un long dimanche de fiançailles

Un secret

Vendredi ou la vie sauvage

Vipère au poing

Voyage au bout de la nuit

Voyage au centre de la terre

Yvain ou le Chevalier au lion

Zadig

À propos de la collection

La série FichesdeLecture.com offre des contenus éducatifs aux étudiants et aux professeurs tels que : des résumés, des analyses littéraires, des questionnaires et des commentaires sur la littérature moderne et classique. Nos documents sont prévus comme des compléments à la lecture des oeuvres originales et aide les étudiants à comprendre la littérature.

Fondé en 2001, notre site FichesdeLectures.com s'est développé très rapidement et propose désormais plus de 2500 documents directement téléchargeables en ligne, devenant ainsi le premier site d'analyses littéraires en ligne de langue française.

FichesdeLecture est partenaire du Ministère de l'Education du Luxembourg depuis 2009.

Plus d'informations sur www.fichesdelecture.com

© FichesDeLecture.com
Tous droits réservés
www.fichesdelecture.com

ISBN: 978-2-511-02781-3

Notes :